私を夢だと思ってください

鈴木ユリイカ

Suzuki Yuriika Selection

2

私を夢だと思ってください＊もくじ

虹　はじまりのはじまりのうた　6

未来　12

タブラ・ラサ――アルヴォ・ペルトの音楽に　18

五月ともなれば　22

音楽家　26

夜　30

私を夢だと思ってください――フランツ・カフカ　32

記号論アリス　40

デザイナーになりたい気持ち――フランスのデザイナー・ステルグに　44

ＦＩＬＭ　50
ゴッホのふたり　54
傾く家　56
話を聞く木　60
そこを曲がると　64
奇跡　70
地球の赤ちゃん　74
ポプラ　78
人の望みの喜びよ　80
やすらけく　84
イランの薔薇　86
噂　92
帽子をかむった星に会いたい　96

詩人が誕生する　102
恋愛機械　110
あなたは夜明けだ――アドリエンヌ・リッチに　116
ＡＩＲ――ホセ・クラヴェイリニャに続いてうたう　124
宇宙語　136
未来の音楽の未来　140

装画　蜂谷一人

私を夢だと思ってください

虹

はじまりのはじまりのうた

はじめ　あなたは
アカシアの林の中で動いていた
林の冷たい純粋な目が
じっと私を見つめた　私は声をあげた
誰かが細い木の間を横切った

私は恐怖にかられ丘を駆けのぼった

すると見えたのだ
なだらかな緑の線から下の方にひらける
白い市街を超えて
一本の虹がすうっと薄い青の海に逃げていくのを

それからずっと　私はあなたに会わなかった
あなたはときに
恋の重い陶酔の中に居て静かに
あえぐわたしを見つめていた

あなたはモーツァルトのディヴェルティメントの
最初の楽章の中に居た
私はその音楽をきいた

はじめてパリのアンヴァリッドのバスの待合所に
立っていたとき
マロニエの微光の中に
あなたは現れ　すぐ消えた

それから　あなたは
真夜中の国際電話の声の中から現れ
真昼の都市のように輝いた

おお　あなたは誰なのか?
あなたはいま　何を見つめているのか?

地球のような頭を持ち

海のように考え
見知らぬ都市を目に浮かべているのか？

どこにいるのか？
氷河の上にいるのか？
何億というアジアの人々の中で泥のように考えているのか？
南米のどこかの国の鉄砲の中で革命の馬を走らせているのか？

夕暮れに
分厚い本を閉じると
あなたの影が現れる

おお　もう一度　あなたに会いたい

あなたが消えるまえに
あなたとの約束を私は思い出したい

未来

そのとき　ほとんど苦しみのように
私は感じていた
これが　未来であると

数知れぬ木の葉が微かに微かに動いていて
灰色の光る池では重い櫂の音がして
人々がボートですべって行った

重い水の底では重い木の根が伸びていて
白いパイプをたぐりよせ
地下で　誰かがオルガンを弾いている

誰も居なかった　誰かが居た
黄色い葉の話し声がした　未来がやってきていた
そして　秋がレンガ色の炎を燃やしていた

まもなく　冬の長い微光の中で
物たちが土に還り　長い瞑想にふけるだろう
まもなく　くぬぎ林が白い息をはき
地平線のように歩きはじめるだろう　灰色の
見えない糸にたぐりよせられ

人びとが出会ったり　別れたりするだろう
鯨のようにふくらんだ服を着て笑い
海のように重い言葉をはくだろう

どうして　そのとき　私は悟ったのだろう？
これが未来であると
何ひとつ　変化していないように思えるのに

どうして　そのとき　私のこころに
一千万個のガラスの目の動物の
白い新しい都市が生まれたのだろう？
どうして　誰も居ないのに
誰かが居たと思ったのだろう？

風景のいちばん終わりに
あなたが暗い宇宙のような目をして
私をのぞいていると悟ったのだろう？

たとえば　あなたが超光速のオートバイで
近づくとき　青い光を発し
遠のくとき　赤い光を発し
都市をぐるりとまわる間
私は何億年も年をとってしまうだろう

地球は白髪なのだろうか？
それともまだ若く青いのだろうか？
五万個の核爆弾の卵が産みつけられた地球は

紙のビルディングでは
写真のこげる音がして
被爆した子どもの背中が赤く
まだどろどろにとけている

何ひとつ　良い方向に向いてはいないのに
未来がそこにやって来ていると
どうして　私は悟ったのだろう？

それは誰かの苦しみのせいなのだ
それは誰かの驚きのせいなのだ　恐らくは

タブラ・ラサ――アルヴァ・ペルトの音楽に

わたしたちは半分砂に埋もれた住宅に住んでいた
毎朝わたしたちは水を求めて砂を掘ったり
わずかばかりの野菜をつんでは食したりしていた
毎朝わたしたちは散歩に出かけるのだった

どこへいっても崖や砂が襲いかかり
路を歩く度に少しずつ少しずつ停止しなければならなかった

わたしたちは数百年もの間ひとりの人に会いたいと思っていた
誰もその人を見た者は居なかった　しかし
その人がどんな人であるかわかっていた
そして　毎日　その人に会うのだった

今日も路が途切れたところで皆の息が苦しくなった
路はもうなかった　しかし　空が割れて
光がふりそそぎ　その一つの穴から地響きがして
よろよろとひとりの人が現れた
ああ　と皆が叫んだ

地響きが続き　海も街も森もなくなりつつあった
もともと何があったかわからない

一つの穴からほのかな光につつまれた人が出てこようとしていた
しかし　誰であるのかわからなかった

神という人も
弥勒菩薩という人もいたし
おかあさんという人も
パパという人も
娘という人も
未来のともだちという人もいたが
誰も明確にいうことができなかった
ああ　と皆がいうと胸が熱くなった

まるで原爆のような光のなかで

一瞬　会いたい人に会ったのだ
それから　永遠にちかい静寂がやってきた
光は消え　崩れかけた崖と
砂だらけの路があった

そうして皆は今日一日を過ごすのだった

五月ともなれば

雨が降っても木は香り
雨のなかを歩けば別の木は別の香りを放ち
晴れた日には家を開け放ち
歌姫を呼んでみる
歌姫は砂漠で焦げつくような恋歌をうたっている
湖の底に舞い降りて湖を揺り動かし
海のうえを軽やかに歩き

空を飛ぶ歌をうたっている
歌姫よ　歌姫よ
世界が壊れているというのに
あなたは恋の歌をうたっているのですか？
わたしは未知の人に恋しているのです　と歌姫は言う
わたしはわたしを待っている多くの人びとに
歌を届けなければなりません
わたしの歌があなたに本当に届いたなら今日だけは何も
起こりません
ひとは歌に夢中になるからです　と歌姫は言う

それから　わたしはコンピュータのなかの
盲目の青年の歌うたいに来て貰う

なんとパワフルな、なんと美しい声だ　という人がいる
どうしてこの青年に何万人という人が集まるのだろう
この青年が温かな声で愛の歌をうたうと
わたしたちのなかにも愛のきれいな太陽が昇っていく
わたしたちにもこんなに愛があふれているのだと驚く
かれは目が見えないけれど　わたしたちのきれいな愛の太陽を
見ることができるにちがいない　という人がいる
そうして　あの青年の歌をたくさんの人びとが聴きに
やってくるのだ
こんなにあふれるほど愛があるのに
わたしはなぜあんなに悲しかったかを思い出す
いつの頃からか
世界が壊れつづけていたから

五月ともなれば
雨が降っても木は香り
雨のなかを歩けば別の木は別の香りを放ち
晴れた日には家を開け放ち
歌姫と青年の歌うたいを呼ぼう
世界をあたらしくつくり直すために

音楽家

音楽家はほとほと困っていた
飛行機を一日も乗り続けてやって来たわけでもないのに
真夜中に突然到着した大都市の暗闇で
たった二週間でこの都市をテーマにした交響曲を
創って欲しいなどという途方もない約束を
うけてしまったのだから

音楽家は何日も何日も見知らぬ大都市をさまよい続けた

バッハが自分の子どもたちに贈った練習曲のように
一日目は左から右へ演奏する楽譜を書き
二日目は同じ曲を右から左へ子どもにピアノを弾かせ
三日目は両手で左から右へ、右から左へとピアノを弾かせ
次の日はメビウスの輪のようにあちこちに向かって弾かせ
「音楽の贈りもの」のような曲を創ろうかしらん
すると不思議な音がする音楽ができあがるかしらん

けれどもいつも彼の側にいる静かな人がいなければ
ひとつの音もでてこないのだ
何日もたってから真夜中の大都市の灯りがちぢんで

めくれあがるのを知った
「たとえどんな場所にも沈黙と静寂の場所はあり
　神はいますのだ」と音楽家は思った

よく見ると何万という窓を持ついちばん高いビルに
最初の灯りがついた
そのとき　ひとつの音ができた
その向かいのビルにも灯りがつき　ひとつの音ができた
ひとつ、ふたつ、みっつ、
血のしたたるような音だった
音楽が静寂のなかから深い海が動きだすように
交響曲が始まった

よく見ると真っ白なビルが雨に打たれ身をよじるようにして
金色のビルを呼んでいた　金色のビルも受け答えしていた
全部のビルも橋も河の水も波打って恋をしていた

I am calling you……

大都市全体が恋をしていた
皮肉な男ですら恋に落ちた
音楽家は何日も何日も眠らずに交響曲を創った
とうとう飛行機に乗って帰るとき彼はぐっすり眠って
目を覚まさなかった

夜

もう日が暮れようとしていたのに、わたしたちはまだ宿を見つけることができなかった。坂道を登って誰かがやって来ようとしていたが誰なのかわからなかった。懐かしい人だった。

ずっと遠いところから懐かしい人が鈴の音を鳴らし、まるで巡礼の人のようにこちらに近づいてくるのがわかった。

わたしたちは鈴を鳴らして歩いたりはしない。けれども旅の途中なので遠くからゆっくり人が歩いてくるのがわかった。鈴の音はいよいよ近づいてきた。そうして人の顔が見えるほどになったとき、一瞬、鈴の音が止んだ。

まるで鈴自体が人間の心臓を持っているかのように、そして、こちらをうかがっているかのように、じっとしていた。そのとき、あたりがすっかり暗くなりかけていたが、ほんのりと微かに人の顔が見えたような気がした。なんと懐かしい人なのだろうと思ったが、相変わらず誰だかわからなかった。一瞬、鈴の音は止んだが、また規則正しい音がして、その人はだんだん遠ざかっていった。この世でもう二度と会えない人が名残惜しそうに去っていったのだ。わたしたちの大事な人が……。

私を夢だと思ってください——フランツ・カフカ

プラハのガラス張りの窓のついた二つのビルの間にあなたの
十メートルもある頭が立っている
ステンレスの巨大なあなたの頭はぐるぐる回り星や花々のように見え
大きな目は考えたり　悲しそうだったり　夢みるようだった
あなたは一度は死んだのだから　もう死ぬことはないのだった
あなたは未来を見つめていた　未来そのものだった
そして　人々は懐かしそうに　あなたをしばらく見つめ

去っていくのだった

生きている時　あなたは　ひとつひとつが悲しみのなかに
あった　苦しみのなかにもあった
どうすればいいのか　誰にもわからなかったし
何か方法もわからなかった
労働者災害保険局の仕事の合間に　毎日食べたり　飲んだり
眠ったりしながら
あなたはまるで　詩のような短い小説を書いていた
その時代は　神は死んだのだから　神が残した苦しみを
こんどはひとりひとりの　人間が背負わなければ
ならなかった　なんということ
あなたは　書いているなかで　生きることを覚えた

そして　物語のなかで　死ぬことを覚えた
その昔　若きウェルテルが　悩み死んだように
ゲオルグ・ベンデマンも死んでいった
グレゴール・ザムザはちょっと仕事を休みたいために
虫になって天井を這って歩いたりした
それから　死んでいった
カール・ロスマンはアメリカの大都会に消えていった
ヨーゼフ・Kは心臓をナイフてえぐられて死んでしまった

結核になり　咳がとまらなくなり
眠ることも　目覚めていることも出来なくなった時
雪のふる城のある村にいって　霧と闇のなかで
小説を書いた　奇跡のように　それは書かれた

昔　ひとりの女が現れた時　その刺激で最初の物語が
できあがったように　あなたは何度も奇跡のように
くぐりぬけた

そして　夢をみた

苦しみは次から次へやってきたが　ひとつひとつの作品は
驚くべき成長をなしとげた　そして　途方もない世界を
まよいながら歩いていた

恋をしながら　花のように散る　その恋をながめながら
映画をみて涙した　スキーですべるように　闇のなかで

何もみえなくなった

苦しみは監獄のように　私たちを縛りつけているが
その苦しみがあるために　何か不屈なものができ
やがて解放される時を　思い浮かべることができた

あなたはマックス・ブロートのお父さんが居眠りしている
玄関の間にまちがって入り　恐縮して退散するときにそっと
「私を夢だと思ってください」とつぶやいた
お父さんはどんな夢をみたのだろう

最後の時　あなたの若い天使のような伴侶が
花を買ってきて言った

「フランツ、きれいな花ですよ、みてごらん、かいでごらん」
すると、一度こときれていると思われたカフカは身を起こし
花の匂いをかいだ　左の目を大きくあけた

あなたはこときれた　すると神は死んだ
私も死にそうになった

しかし　私はまたプラハの巨大なステンレスの
あなたの頭を眺めた
私たちにはまた新しい苦しみがはじまっていた
どうしていいのかわからない　誰も助けてくれない
息がつけないような苦しみを一人一人が抱えている

しかし　あなたはきらきら輝いてぐるぐる回り
考えたり　悩んだり　ほんの少し微笑む
カフカ、カフカ、カフカ
たとえ奈落の底に落ち続けても
あなたはすぐ浮かびあがってくる
そうして　生きることを教えてくれる
夕方がきても　夜がきても　雪がふってもね
あなたは未来を見つめていた　未来そのものだった

＊参考文献『回想のなかのカフカ』ハンス＝ゲルト・コッホ　吉田仙太郎訳　平凡社

『カフカ彷徨』井上正篤　同学社

『カフカの生涯』池内紀　白水社

『カフカ』リッチー・ロバートソン　明星聖子訳　岩波書店

『カフカの書き方』池内紀　新潮社

記号論アリス

寝間着姿の少女のアリスは
小さくなったり大きくなったりした
小さいときは蟻の荷物運びをしたり
紅茶茶碗のお風呂にはいったりした
大きくなると自分の家の三階の窓から
自分を眺めたりした
白ウサギとおしゃべりして一緒に

森のなかに入っていった
隣に猫のいるお茶会に招かれたりした
突然トランプの女王が怖い顔をして
おまえは死刑だ
と言って追いかけてきた
物語は忘れてしまったのにどうして
あの変な絵だけは覚えているのかしら
ルイス・キャロルがアスペルガー症候群とは
知らなかった

男のアリスは巨きな氷の塊を横浜の根岸の
アスファルト道路をひきずって歩いた
芸術家はときどき子どもみたいに

役に立たないことをするのがよい
と言いながらエッチラオッチラ四角い氷を
押して歩いていったが
手が痛くなったらしい
けれどこの夏の暑さに道路はアスファルトの舌で
透きとおったガラスアイスを
あっというまに舐め尽くしてしまった
道路にほんの少しだけ水が残っていた
フランス人の男のアリスは千葉のあたりで透明になり
竜巻に呑まれそうになった　吹き飛ばされたのか
消えたのかまだわからない

デザイナーになりたい気持ち——フランスのデザイナー・ステルグに

ある朝　目が覚めると
ちいさな弓のように曲がった
オレンジ色の透きとおった歯ブラシが
練り歯磨きをつけて　ぷるぷると震えていた

見れば見るほどエロティックなきらめきを持つ
歯ブラシで　思わず私はその歯ブラシを

手につかんで口のなかに入れてしまった
すると　オレンジのほの甘い匂いが口のなかで溶けて
からだじゅうがぷるぷる震えた

噴水のところへ行って　柔らかいばねのように
伸び縮みする歯ブラシで歯をみがくと
オヤ　昨日まで顎の芯まで神経に触って
痛かった虫歯がすっかり治ってしまった

しかし　なんということだ　室内にベッドの側に
噴水があったり　細い美しい木がはえていたり
するということは　なんということだ

ここはどこだ　三鷹の私の部屋なのに
ベッドに寝そべると
斜めに傾いたテレビジョンがお天気を予報している
（このテレビは寝そべって見るテレビなのだ）

窓の向こうには明るいちらちらするものがある
深い緑の庭園の椅子には丸いガラスの金魚鉢が置いてあり
金魚が何匹か泳いでいる
隣の家は花屋になったらしい
いくら刈り取ってもこの花屋の花や木は
コンクリートの敷居を越えてこちらの駐車場まで侵入してくる
植物の勢いは恐ろしいものだなぁと思っていると
小鳥たちもたくさんやってきて

一本の桜の木に三十羽も別種の鳥がとまって
いろとりどりの声でないている

全く不思議なことがあるものだなぁと思って見ていると
あっと　私は叫んだ
確かに　桜の木だと思っていたのに
ひとつの枝にはりんごがなり
ひとつの枝にははっさくがなり
ひとつの枝にはぶどうがなり
ひとつの枝にはびわがなっている

季節がちがうのによく全部みのらせたものだねと
木をほめてやる

今日は海のほうから大きく涼しい旗を振るように
街に音楽がきこえる日だ

隣の家のまっくろな土に生えた苺を
子どもがもいで食べている
指までぷくぷくと太ったずっしりと重たい子どもよ
電車に乗って誰かに会いに行こう

いちども本音で語り合ったことのない
懐かしい友と　どうしても言えなかったことを語ろう
しだいしだいに若返る老齢について
羽のはえたオートバイについて

ペットボトルでつくったブラウスについて
尻尾を手入れするリスについて
動物から植物へ　植物から動物へ変身して永遠に死なないベニクラゲについて
イスパハンの光でできた薔薇について
今日といううるわしい一日について

FILM

その男は自殺した
その男は三番目の引き出しから無造作にピストルを取り出すと　安全装置をはずし　こめかみに当て　つと　窓の外を眺めた　五階下の道路の向こうに　生き生きした植物の緑を眺め　木々のあたりに白いものがふわりと動くのを見た　白い蝶なのか　それとも白い花の種なのか　それとも　白い何かなのか確かめる隙もなく　彼はソファに戻り　再びこめかみにピストルを当て　引き金をひいた

恐ろしい音が室内にひろがり　本箱から本が落ち　いま彼の脳髄から刻々と血液が流れ　絨毯を汚している　取り返しがつかないしみのよう

に　いままで彼の内部にいて　彼を守り　励まし　慰め　彼に命令し彼を動かし　彼に誇りを与え　希望とともに　彼を輝かせていたものが　いまは外部に流れ出し　彼を辱め　みじめに　空ろに　彼を彼でなくし　そして　彼をどこかへ連れさろうとしていた

倒れてみると何と大きな男なのだろう　血液は際限もなくひろがり　その男の体のなかでいちばん美しい目はじっと自分の姿を見ているようだ　その絨毯は男の叔母が六十年の結婚生活の後に男に譲り渡したものだが　イランのある地方の女が年に二枚しか織ることができない代物で　冬の初めから夏の終わりにかけて織ったものだ　本当は親族の娘の結婚の贈物にしたかったに違いなかった　中央にひどく複雑な模様の〃生命の木〃が織られていて　花と星の下には二匹のつがいの動物たちが木の周りに環のように集まっていた　優しい鹿や鳥たちはみるみる血塗られていった　遂には〃生命の木〃そのものが血まみれになりはじめた

そのとき　フィルムがシュルシュル回りはじめ　絨毯から血がひきはじめ　再び絨毯は深く静まり　男の血液はどんどん男の頭に戻りはじめ　少し苦労しながら　ゆっくり　ゆっくり　脳髄からピストルの弾が抜け出し　もう一度ピストルにおさまるということがあり得るだろうか？　本箱に本が戻り　シェードのついた電気スタンドがたちあがり　男はゆっくりソファに戻り　眠りから醒めたように男が生きかえることがあり得るだろうか？

階段を昇って誰かがやって来た　運命のように刻々と白い服を着た男の婚約者が　黙ってドアをあけ　黙って室内に入り　黙って男を見つめほとんど半狂乱になっている男の手を取ることがあり得るだろうか？　男は四十年ばかり女と暮らし　退屈しのぎに『新エチカ』三巻を書きあげることがあり得るだろうか？　庭には林檎の木とバラが三本　雪が降ったり　花が咲いたり……………………
フィルムがシュルシュルと回っていた

ゴッホのふたり

初め　あなたは大地から立ち昇った二本の杏の木の話し声を
きいていた　微笑みながら花開くふたりの娘たちの声を
それから　光と風が強い日　太陽と月が糸杉のまわりを
ぐるぐる廻り　砂の道を仕事場に急ぐふたりの男たちの声をきいていた

なぜ　あんなに多くの声があなたにきこえてきたのだろう？
それから　川の傍であなたにぴったり寄り添い何かつぶやいたのは

誰だろう？　夕闇のように静かに彼がやって来ると
あなたはわけもなく震えた　鏡の中の全身傷だらけの青い目よ

きみはぼくに近づくな！　ぼくが欲しいのは聖なるものでも完璧な国でもない
ここ　ぼくはここに居て一本の麦の穂がそよ風に吹かれるのを見たい
ほら　見てごらん　一日を幸福に生きる甘い色のたまねぎや働く男や女を

けれども鏡の中で幾世紀も天使と闘った男は叫んだ
ヴィンセント　やって来い！　種まきの時は終わった　いまは刈入れの時だ！
金色のうねる麦畑で裸の空と大地は結ばれ　彼はあなたになった

傾く家

夏には木は真っ直ぐ立っている
傾きかけている家が何軒かある
そのうちに木はなくなり
倒れている家ばかりになるだろう
と画家は思った
おや　倒れている家もある
家がゆっくり倒れて住めなくなると

女も倒れて起きあがれなくなるので
女は家をときどき抱きしめなければ
ならなかった
雨が降っても嵐になっても崖崩れになっても
女は家を抱きしめていたが
遂には息子までも家に灯りをともして
母とふたりで抱きしめた
秋には小さな家がたくさん空を
飛んでいくこともあった
昔は小さな家が飛んでいっても女は平気だった
と画家は思った
小さなビルディングを頭にのせて女は歩いた
こともあった

昔　女が手を合わせて祈ると　その側に
絢爛たる神の家が建っていることもあった
画家は鳩時計の鳩のように家に入ったり
出たりした
秋なのに冬がきて　画家は家を守るために
吹雪と一緒に呻りながら
家のまわりをぐるぐるまわった
家はフライパンを揺すって料理したり
暖炉を囲んで　家族が集まったり
画家は絵を描いたり　子どもは遊んだり
窓から空を眺めたりするところで
必ず帰ってくるところであった

家はいつも頑丈で新鮮でなければならない
と画家は思った
そう思い画家は女と子どもを連れて
美術館に行った
遂にモナ・リザさえも螺旋形のいのちを生きて
いることを画家は発見した
カタツムリもスパイラルに家をもって歩いていた
みんないろんなものを描いていて
ある絵には犬が路の端の下水の蓋のうえを歩き
ぶるぶる震えているのを見た
画家は感心してその絵を見て
人間と動物が別れたのは家を持つように
なったからだと考えた

話を聞く木

東京は寒い
ジゲジゲジゲと雨が降っている
銀杏も黄色い葉を落として
ジゲジゲジゲと雨が降っている
雨が降っても移動するひとがいて
清一郎さんは東京から沖縄に行った
沖縄の海辺に裸の木が二、三本立っていて

世界の終わりのようだと言う
希望の始まりのようだとも言う
沖縄の海にもジゲジゲジゲと
雨が降っているだろうか
裸のあの木は清一郎さんの長い話を
聞いたのだろうか
東京の雨はジゲジゲジゲと降っている
イタリアのアントネラはサヴォーナから
ローマに移動して友達とビールを飲んだ
それから世界中の女たちが暴力をふるわれる
話をした
アスファルトにチョークで女たちのひとりひとりの
絵を描き　花を一本一本捧げる集まりもあった

ローマにもジゲジゲジゲと冬がやってきたのだろうか
韓国のチョンさんは東京からベルリンに行き
大学の先生になった
ベルリンにもセックスワーカーが何万人もいると言う
彼女はベルリンの桜の木に話したろうか
どこでもかしこでもジゲジゲジゲと雨が降り
冬がやってくる
木は枯葉を落とし　皆の話を忍耐強く聞いてから
雨と話し　月が昇ると木は月に話し
ぶるぶるぶるぶると犬のようにふるえた

そこを曲がると

何か頭のなかがぐちゃぐちゃしているので
外に出た
自分の家の周りをぐるぐると曲がった
そこを曲がると
郵便局があった
そこを曲がると
男の髪の毛があり地図のように

もじゃもじゃひろがっていた
男は一本一本髪の毛を伸ばした
そこを曲がると　そのひとは
男にたどりついた
ずっと前、小さいときは　そのひとは
女の子であったような気がした
いつのまに男になったのかよくわからなかった

小学校四年生ぐらいのとき
女の子となぐり合いのけんかをしてからか?
まるで一本の幹の上で
二匹のカタツムリが出合い　一匹はオスで
二匹目はメスになったように

行き当たりばったりに男になってしまったのだろうか？
そこを曲がるとバス停があった
男はそこを曲がると電車に乗った
男はチューインガムとおにぎりを買った
電車に乗るとビルとビルがたけのこのように
上へ下へ伸びていた
そこを曲がるとエレベーターに吸い込まれた
そこを曲がるとタワーの上を歩いた
そこを曲がると国会議事堂を歩いた
十九歳のとき皆とデモに行き
アンパンを一個ずつもらった

そこを曲がると

女が眠っていた
女はいつもはみだしていた
台所や窓からはみだしていた
夜からはみだし朝になりかけ
昼に消えていく星のようだった
女はひとりの女ではなく
人々からはみだし新しいいのちをつくった
ひとりでいるのに自分以外のものを
抱きしめているかのように丸まっている
猫や犬に近く　海から遠く
宇宙からさえはみだしていて
丸くなりながら手を振って微笑んだ

海があった
海のさざ波を歩いて
男がやって来た
海のさざ波を歩いて
女がやって来た
男は満足して男だったし
女は満足して女だった
そういうことはどうでもよくなった
そこで二人はリンゴを食べはじめた

奇跡

バッハは何を考えているのだろう?

海と太陽は長い間つながっていた
しかし　今は海と太陽はバラバラにうごいている
海と大地はおだやかに話し合っていた
しかし　今は寒い風が吹いている
土と緑はつながって成長していた

しかし　今は廃墟のようだ
こんな寒い日にあなたは海を見に行こうと言う
こんな寒い日にふたりは抱き合ったまま
砂のうえにごろごろところがる
灰色の空にはゴミが飛んでいる
口のなかをジャリジャリさせながら接吻したりする

バッハは何を考えているのだろう?

と思っているうちに　あっという間に
私は妊娠する
あと十ヶ月したら子どもが産まれるのかなと
思っていると

海はじゃぶじゃぶ立ち上がり
あっという間に地球の赤ちゃんを産み落とした

バッハは何を考えているのだろう?

地球の赤ちゃん

ざらざらした砂の中で　ちらりと
見ただけの地球の赤ちゃんはどんな顔していたか
知ってる？

ちらりと見ただけだけどね　地球の赤ちゃんは
君みたいに　きれいな目をしていた

それから君みたいに　しかめっつらをしたり
喜んだり　かなしがったり　困ったりしていた

地球の赤ちゃんは　人間の頭みたいだった
ちらと見ただけだけれど地球の赤ちゃんは
あらゆるひとの頭みたいだった

人間ばかりではなく象や猿やライオンの頭、
カバやウサギや蛇やインパラやヌーの頭みたいだし
魚や虫の頭みたいだった

それから緑色の風の中の木や林や森や花や畑や田んぼ
みたいだった

それから夜の星みたいにきらきらしていた

そうだね　海のおかあさんから生まれたんだからね
なんだか　なつかしく　君を自由にしてくれる
いつか　きみに見えるって

それから　海がざんぶりやってきて
地球の赤ちゃんは見えなくなった

ポプラ

銀河の光る背中がゆっくりと旋回する。ゆっくりと浮かびあがり、ゆっくりと沈み、もうひとつの熱い手に支えられた銀河のなかに溶け入る。冷房装置の空気の動きよりも微かな音楽に誘われて、遠い遥かな宇宙船からホルンの明るい音が合図する。熱い恋しい肉のなかに水中に咲く花々が目をひらき、水の囁きと太陽光線とが触れ合い、甘く狂おしく揺れ、お互いに全力をつくして相手を受け入れようと次第に激しく高まっていく。何かが裂ける。悲鳴に似た声をあげながら、新しい驚きに満ちた緑の夜がひらき、歓喜の雪が降る。ふたつの見知らぬ目が近づいてくる。

白熱するブラックホールの目の、接吻のさなか、ふたつの肉体がお互いの肉体に吸い込まれる。きりもみ状態になりながら、粉々に砕けながら、ひとつのふしぎな穴を通過して、わたしたちは遂に典雅なベビー・ユニヴァースにうっとりと到着する。おお、ここはどこだ！

＊　＊　＊

ふたりは散歩の途中で自転車を乗り捨てた。草原の緑の中に光るねばねばした液体をわずかに残して、ふたりは消えた。数年たって、二本のポプラがその草原に出現した。はじめての出会いのときのように、永遠に震えながら、夜明けのバラ色の光線を浴びながら、二本のポプラは立っていた。

人の望みの喜びよ

海に降る雪をみたことがあった
雪は海にも陸にも降っていたが
海はひどくしずかに雪を受けていて
海は海であった　わたしは雪のうえに寝ころんで
海に降る雪をみていたが
十二年間も重くガチガチに固くなっていた自分が
ひとひらの雪のように軽くなっていくのを感じた

夜明けが近づいてくると輝く雲が目の前に現れ
ゆっくりと扉がひらくように
誰かが雲のうえからこちらをじっとみていた
人間なのか動物なのか木なのかわからなかったが
わたしはすぐさまその雲に乗りたいと思った
けれども雲は消えてしまった
十七歳の冬の終わりだった

それからローマに行ったときだった
わたしはマルクス・アウレリウスの銅像の側にいた
彼は鳩の糞で白くなっていた
するとその石畳に細いひもがみえた
ひもをたどっていくと広場は菱形の装飾模様でいっぱいだった

ミケランジェロがこの菱形模様をつけたのだと誰かが言った
あの神とアダムの指が触れそうな天井画を描いたり
彫刻のピエタを造ったりしたあの男が
通行人のわたしたちのために
この模様を刻みつけたのだと思うと震えがきた
この小さなひと知れぬ仕事をしたのだと思うと
わたしは気が遠くなりそうになった
古い石畳からかすかな音楽が立ち上ってくるのがきこえてきた

このふたつの出会いにより　わたしは自分のなかに
かすかな幸福の香りを嗅ぐことができた
わたしは生きる喜びを忘れたことがない

やすらけく

それは初め白いぼんやりしたカーテンのようなものに見えた。しずかに動いている夜の雲かも知れなかった。湖のうえに立ち昇る狭霧のようにも見えたし、砂丘のようにも見えた。それは昔、母が見たものかも知れなかった。しかし、私はそれを古い外国の雑誌の写真で見たのですっかり忘れてしまった。しかし、それは湖、淡水ではあるが、琵琶湖のように大きなものではなく沼か、せいぜい池のようなものかも知れないとも思った。なぜ昔見た映画『大仏さまと子供たち』を思い出したのだろう。われわれはどこからやって来たのか、と急に私は私にささやいた。われわれは宇宙からやって来たのか？　星からやって来たのか？　海からやって来たのか？　いや、違う、塩分をなくした沼か池からやって来たのだ。そこは隠れているが、どこからか水があふれてきらきら光っているところだ。そこは夏になると男たちが水しぶきをあげて跳びこむところかも知れない。

しずかに、夜の水は考えていて、急に私は寝返りを打ちながら、人類はそこからやって来たのだとわかった。なんということ！　私がいちどもはっきりと見たことがなかったもの、私自身にもあるもの、それはひどくやすらかだった。古い外国の写真はリスボアからやって来た。

イランの薔薇

五月になったら　イランの薔薇を見に
行ってください　東京の真ん中　都立園芸高校の
広大なフェンスの向こうの　黒い土に
その背の低い黄色い薔薇は咲いています

一目見るなり　あなたは黄色い滴《しずく》が
落ちてくるようなまるい花びらに驚くでしょう

静止しながら微かに微かに動いていて
花びらでありながらあれは光なのです　光でありながら
子どものからだでありからだでありながらふしぎな音なのです

もしあなたが若いひとなら
薔薇というものがこんなものだったかと好奇心にかられ
強いよろこびを感じるでしょう

もしあなたが戦争の時代に生きた女のひとなら
ひそかに泪ぐむかも知れません
ゆがめられたり　おどかされたり
こづかれたりしながら
ずっと捨て去ることができなかった何かが

胸の奥から不意に五月の中空《なかぞら》にあふれてきて
あなたは困惑するかも知れません

それほど　黄色い薔薇たちはきよらかで
地下の底からのびてきて
きれいな声で歌っているように
見えるからです

もしあなたが初孫を抱いたことのある
男のひとなら　大層いとおしく
よちよち歩きの孫娘のあどけない姿に重ねながら
いつまでも見あきることなく
その薔薇たちをながめるでしょう

実は　わたしも　ずっとたってからわかったのです
そう　あのイランの薔薇たちには
ほんものの女の子が住んでいるのです
ほんものの女の子　のかがやき
ほんものの女の子　の好奇心
ほんものの女の子　のやさしさ
ヤマブキよりも　すこし大きな花びら
いたずらっぽい笑い

そして　わたしは心の奥の
深い願いに気づいたのです
二十一世紀にこそほんものの女の子たちが

ゆがめられたり　おどかされたり
こづかれたりすることなく　あきらめることなく
ほんものの美しい女になり
生きること
愛すること
仕事をすることに
強いよろこびを持って
大地をしっかり歩むことができるようにと

五月になったら　ぜひイランの薔薇を
見に行ってください　立ち去ろうとすると
かわいい薔薇たちはかけよって来て
行かないで　と囁くでしょう

誰もいないのに　あなたはすこーしぼおっとして
薔薇園を見わたすでしょう

噂

わたしはわたしの噂をしている
夢をみた
あのひとはもう少しやるべきことを
やればいいのに
そうねえ
昔は少しきれいだったけれど
今は歯がぬけて

変な顔になってしまった
そうねえ
子どもというひとたちはとても不思議ねえ
子どものときはわたしは一所懸命生きて
いたけれど
それは自分の内側のことで
子どもの他者はどうなっているのか
わからないのよ　人間なのに何を考えて
いるのかわからない
そうねえ
これからどうするか　わからないけれど
もし死ぬとしたら
木のように静かにしていたい

こっちの枝はどうするかとか
ゆっくり考えていたい
たとえ途中でも
大変矛盾していても
夢をみたい
みているものをみたりするのは
いいことだと思う

海とか海をみているとか
空とか空をみているとか
そうねえ
それくらいしかできないのかしら?

帽子をかむった星に会いたい

ブラジルのどこかの野原で
夜が近づいていたが
草はまだ動いていた
夜になっても草は動くことがあるのだ
たった一本の電柱の灯はついていなかった
誰もいない黒くなりかけた野原に
男が一人やって来た

男は寂しそうに野原を眺めた
今日一日が何ごともなく終わろうとしている
と男は思った
それから電柱のあたりをじっと見ていたが
急に腰を抜かして地面にころがった

いまは看護師さんと呼ぶが
わたしたちは看護婦さんと呼んでいた
わたしたちは十五年間も看護婦さんが詩を読むのを
聞いていた
看護婦さんは壺井繁治の「空のなかには／空だけあった」
が好きだと言った
看護婦さんはいつもは「分刻み」の

仕事をしていると言った
それなのにどうしていつもあんなに
静かに詩を読むのだろう
わたしは皿の上に注射器や薬やタオルを
並べるのだろうかと思った
仕事には順序があってリズムもあって
それを繰り返しているうちにベテランに
なっていくのだろうかと思った
看護婦さんは幼い頃ブラジルのサンパウロの近くに
住んでいて　隣の家が見えなかったと言った
わたしは台湾の台北の家に住んでいたけれど
わたしは幼い頃　ブラジルのサンパウロの近くの
見えない隣の家に住んでいたかったと思った

幼い頃友達になれたら　彼女のように働く人間に
なれるだろうかと思った
全く途方もないことを考えていた

野原の向こうの電柱のあたりに
空いっぱいの帽子をかむった星が
地球に会いにやって来ていた
その星は帽子のかげに隠れて
美しい地球にキスしようとしていた
星が星にキスすることはありうるだろうか
星が星にキスするのは危険だと
腰を抜かした男は考えた
帽子をかむった星と地球はずいぶん近づいて

見つめあったが
アダムの指と神の指のように触れあわなかった
それから　楽しい音楽がやって来た
動物園から象やキリンや熊や猿やあらゆる動物たちが
逃げてきてダンスした
海のほうからあらゆる魚たちが飛びはねながら
やって来た
虫たちもやって来てやかましかった
人間もほんの少しやって来て
夜の生きもののカーニバルに加わった
それから　あっという間に帽子をかむった
星は消えてしまった
もし　それがＮＡＳＡの間違い写真だとしても

ブラジルのどこかに小さい帽子をかむった星が
やって来たことは間違いない
草も動物も魚も人間も一週間も楽しい夢を見ているのだから
夏は真夏の夜の夢を見るに限る

詩人が誕生する

一　目覚め

その少女は眠っていたが、彼女の心は目覚めていた。見ると、少女は水のなかに宙づりになっていて、彼女のまわりで無数の花々が刻々と開いていた。「もうすぐ、君も花開くのだよ」と水のなかでくぐもった気が遠くなるような声がした。少女はちょっと苦しげに水面に出ようともがいた。

　すると、少女ははっきり目をさました。彼女はバスの吊り革につかまって立っていた。バスの内部は沢山の人で混み合っていて嫌な匂いがし、ガタガタと揺れていた。毎朝乗っているのに見たこともない未来都市を猛スピードで走っていて、木や歩く人や建物の谷間を揺れながら滑って行った。少女は胸のあたりに痛みを感じ始めた。その痛みは少しずつ激しくなっていた。見ると少女の胸から震えるような真っ赤な花が開き始めていた。それは透きとおるような美しい花だが悲しい花だった。少女の体から、いま花が咲き出しているのにバスのなかの人は誰も気がつかなかった。「これが私だわ。よりによってこんなに悲しい花だなんて！」痛みで気絶しそうになったとき、バスは停止した。花はもうどこにもなかった。

　何年もの間、少女は夢とバスのなかの自分という花のことを考えていた。今度はもっと夏の淡い色の、うっとりするような幸せな花になるわ、と少女は思った。こうして詩人が誕生する。

11　鳩

鳩という名字の少年は兄さんとカルカッタ駅のプラットホームの青いスレートの屋根の下に鳩のように住んでいた。朝、雨がバラバラとスレートの屋根にあたり目が覚めた。雨の日は憂鬱だ。泥んこ道でビニール袋を拾いわずかなルピーに替えて、カレーにひたしたナンを口に入れるのは至難の業だから。

ある時、少年は街角で学校帰りのバドミンという美少女に出会って驚いた。バドミンは少年の死んだ妹にそっくりだったから。バドミンが笑うと少年は嬉しかった。なつかしかった。バドミンはカルカッタの花市場のどの花よりもきらきらと輝いていた。

「家はどこ?」バドミンは聞いた。

「ちょっとここから遠いとこ」少年は答えた。バドミンと別れた後、去年死んだ妹に何だか悪いような気がした。食物にありつけなかった日は空腹を紛らわすために、兄さんとシンナーを吸う。一つはバドミンのために、それから死んだ妹のために。「神さま。この世には死ぬ子どもと生きてゆける子どもがいます。僕はどちらなのですか?」すると少年は大きな目眩に襲われ、ククーと鳴いた。こうして詩人が誕生する。

III　アメリカの刑務所で

俺がなぜ詩を書いているかって? フーム。どうしてそんなこと言えるんだ。詩って書いてしまってから、どうして書くかとかそんなこと言えるもんじゃないよ。けど、一つだけヒントを言おう。君たちの国や他のアジアの国で子どもの頃から聞いてる話、あの蜘蛛の糸の話。俺にとって詩とはあのお釈迦さんがたらした金色の糸さ。ゆっくりゆっくり忍耐強く這いのぼってゆき、遂にはこの壁と石とトイレの部屋から脱出したいのさ。とうとうのぼりつめ、もう少しで地獄から脱出できるという時、下の方から他の奴らがぞろぞろと這いのぼってくるのに驚き、こらー、この糸は俺のもんだぞーって叫ぶと、お釈迦さんにプツンと切られてしまうあの糸さ。あの糸は俺の理性というか、救いというか、傲慢をへし折る糸というか、無限の希望というか、まぁ、そんなものだな。なにしろ俺は黒人《クロ》で麻薬中毒が引き起こした軽犯罪者だが、このヘロインってやつが俺を何度でも地獄へつき落とすのさ。俺は何度でも忍耐強くやり直す。君にも、あの糸が見えるかい？　こうして詩人が誕生する。

Ⅳ　到来

その女《ひと》はゴオゴオと鳴り響くジェット機に乗ってやって来た。重い鞄をガラガラと曳きずり、階段を昇ったり降りたりしながら、真っすぐあなたのところへやって来た。その女《ひと》は様々な愛の疲労から、水煙をあげて驀進するイグアスの滝にひきずり込まれそうになったり、滝壺に踊る魚たちを咥え浮きあがってくる小鳥たちに驚き、その向こうに鬱蒼と茂る原生林のようにじっと立っていた。彼女の目がきらきら光った。その女《ひと》は氷河に棲む白いライオンに襲われそうになったり、アフリカ象に踏み潰されそうになったりしながら、あなたのところへやって来た。

時にその女《ひと》は暴力の街を歩き、息苦しい、絶望の、暗黒の、腐敗した空の下を歩き、怒りにかられ、ビリビリと空を引き裂いた。その女《ひと》がやって来ると、紙のように薄っぺらな空が裂け、雨もよいのきれいな夜明けが見えた。その女《ひと》はいま世界の果てに居るあなたの苦しみの側にやって来て静かに微笑んだ。その女《ひと》がやって来ると、わたしたちはほのかに希望を抱いた。もっと遠く、ヒトゲノムの彼方に輝く女たちが居るとその女《ひと》は語った。それからその女《ひと》は去り、夜の星々の間を飛行し、雲のなかで宙返り、わたしたちは宝石のように光るジェット機の灯を眺めた。

放蕩息子ならぬ、放蕩娘のように帰って来て欲しいとわたしたちは願った。その女《ひと》が帰って来ると、さまざまな男や女や子どもの顔が幾つも影のように動いた。わたしたちは家を開け放ち、食物を清め、その女《ひと》を待つ。見たこともない人や、木や砂嵐に出会うため。

あなたは遠くなったり、近づいたりするその女《ひと》の顔を想い浮かべていた。まだ開いたことのない本の頁を開くように、言葉をなぞりながら、音楽を聴くように、その女《ひと》の声を想い出す。「出て行かなくちゃ。あなた自身の部屋から、あなた自身の混沌から、ドアを開いて他の人、他の物に出会わなくっちゃ。それから、ずっとたって、あなた自身に帰還すると、あなたは昔食べた杏や山ももの木のように子どもたちに葉を広げ、大地にしっかり立っている。つまり、方向が問題なのよ。ヒトゲノムの彼方に輝く無限への欲望が」　こうして詩人が誕生する。

恋愛機械

春になったので　冷たく青く上のほうで水が流れる
冬のお天気はやめにして
白く水蒸気が吹き出して　わたしの体もジーコンジーコンと
恋愛機械がうごきだしたかと思った

それをいうならわが家の壁にかかっているカレンダーの
現代絵画の最先端をいくバラの花がぼおっとにじんで

黄色からオレンジへオレンジからピンクへピンクから赤へと
揃って目覚め　茎や葉は向こうへひっこんで
もしあんな花を夜明けに見たら　はっとして
ある種の幸福と思うかも知れない

しかしその絵に近寄って見るとさんざん傷ついたり破れたりして
バラの姉妹は喜怒哀楽の意匠をこらし子犬が跳ねてくるようにも
星形の一つ目小僧がジーコンジーコン歩いてくるようにも見える

白い霞のなかで新聞を広げると中国人のビジネスマンがガラスの
青い六角形の建築にもぐりこんだ蜜蜂みたいに美しい絹のシャツで語る
「買い手はその商品を手に入れることで、いかに自分の生活が豊かになるかを、
直感的に知りたがっている。それがうまく伝わると売れる[*1]」

〈商品〉を詩に変えることができたら　売れなくてもすばらしい

ジーコンジーコンと自転車で図書館に行く路も白い霞がかかっている
時々出会う男も老人も女も素晴らしく見える
わりあいいい街にすんでいるのでは?
図書館の内部のさまざまな沈黙に出会う

いつものように日本文学の棚から英文学の棚へぐるりとまわって
ロシア文学からギリシャ文学へそれから仏文学の棚へ
目が移ったとたんじりじりと何かはじけるような
刺激的な破廉恥な言葉に出会う
ここだ　ここだ　ここに来るといつも
わたしの体は恋愛機械のようにうごきだす

はるか向こうの
青白い太陽の腕に抱かれたい
ねむりの腕のなかで
海の底で瀕死の太陽が息絶える
夜明けには
幼い甘い太陽が誕生する

太陽に見つめられると　花も人間も
ジーコンジーコンとうごきだす
恋愛機械

亡くなった吉原幸子さんの詩はどうしてあんなに人を

惹き付けたのか　彼女の詩は遠くから見ると
夜明けのバラかとみまごう
しかし近づいて行くとさんざん傷ついて破れたり
血を流している　こちらが近づこうとすると
皮膚が破れたり骨が見えたりする
子どもの神のよう

ジーコンジーコンうごきだす
恋愛機械

白い春はやがてピンクになる
そのすべてを柔らかく語ることはできない
白い刺激　黄色い爆発　だれも知らないわたしのかなしみ

れうれうと　象は啼く[＊2]
失恋機械がうごきだす

＊1　朝日新聞二〇〇三年二月八日「ｂｅ」シー・ユー・チェンさんの言葉

＊2　吉原幸子「象」より

あなたは夜明けだ――アドリエンヌ・リッチに

どうしたのだろう？　あなたの詩を読むと
汚れたポリバケツの蓋を丁寧に洗ったり
猛暑の中を飛び出して行ってヒマワリを買ったりする
自分に気づく　この黄色の炎のなんという荒々しさ！

どうしたのだろう？　あなたの詩を読むと
私全体が少しもそこなわれずに

何かとんでもないところで
浄められる気がする

それでも疑い深くなりながら考えてみる
アドリエンヌ・リッチ　あなたはマリア・テレサのように
路上に横たわっている瀕死の人びとを
シーツにのせて運んできて洗い浄め
静かに話しかけたのではない
（あの小さな女《ひと》は貧しい人に聖者を見たのだ）

そうではなくて　あなたはあなた自身という女を
新しく創り変えたのだ　考えられない驚きだ
ミロのヴィーナスのように大理石によってではなく

ジャコメッティのように針金と粘土によってではなく
新しい女——それは
地下室のひからびた球根になって渇き
エジプトのレンガをこねあげる幻想によって
じっと待っていた[*1]
生きる　何がなんでも生きたいという欲求が起こるまで

それから　あなたはパルサーの鼓動で
あなた自身を浄めた
「光の波が通過していく　わたしは女の姿をした
機械　電波の躍動をイメージに
翻訳したい　それは肉体を解放するため
精神《こころ》を造りなおすため[*2]」

私は頭のうしろをガーンとなぐられた気がした
あなたは星の匂いのする女

あなたはあなたの吐く息のように白い
霧にまみれた道を歩いていった
時には核爆弾の実験場の砂漠で男と語ろうとして
またしても愛が崩れてゆくのを感じ
時にはユダヤの古い言葉でドアに額をうちつけ
苦しみの歌を歌った

霧の中からさまざまなアメリカの女の顔が現れては消えていった
レイプされた女やインディアンの女
赤ン坊に乳を与え家から身動きできない詩人や

鎖骨が砕けるまで働いた女や
黒人解放に加わった（幻想の）少女を描いた
それから　ホロコーストによって煙となって消えた人びとを
飢える女や中国の女を　それらの女たちは
運命や偶然の力によって　顔が黒くなったり
明るくなったりした　けれども　あなたは
自分だけが才能や知識によって
救われるとは信じていなかった

あなたが信じていたものは　もっと
どこにでも在りながら人が見ようとしないもの

それは女がぎりぎりの力を使って生きる姿だった

あなたが描いた女たち
あなたが常に運命を共にしようとした女たちのことを
私は想う　すると私が好きだった祖母やその仲間を想い出した

あの女《ひと》たち　老いて手や足にさまざまな布《ボロ》を
巻きつけながら野菜や林檎をリヤカーで運び
雪の降る朝市にじっと待っていた女たち
海の方からは竹の籠やブリキのガンガンに
魚を背負い一番電車に乗ってやって来たゴム長の女たち
どこにでも女たちはいるのだ
朝になると火を起こし湯を沸かしたり
パンを焼いたり　おかゆをたいたりする女
地震の後も　爆撃の後も　難民テントにも

被爆直後赤ン坊を取りあげ夜明けに死んでいった女もいた[*3]
女たちが持っている生きる力を
あなたは愛したのだ

そして　女は生まれながらにして完全《インテグリティ》であることを
あなたは信じたのだ　生きることを
どこからでもいつからでも始められると

私はまだおじけづいていて
あなたのことを完全には歌えない
あなたはいま　どんな目の色　どんな声をしているのだろう？

あなたはアエアネスが黄泉の国で見た

霧の中の人々　あの未来を建設する高貴な女のようだ

それでも　私は言う
あなたはいるのだ　いるのだ　いるのだ
この地上に
あなたは夜明けだ！

＊1　リッチの詩「生きるのに必要なもの」より
＊2　リッチの詩「プラネタリウム」より引用
（白石かずこ・渡部桃子 訳『アドリエンヌ・リッチ詩集』）
＊3　栗原貞子の詩「生ましめんかな」より

AIR——ホセ・クラヴェイリニャに続いてうたう

遠い
アフリカにドラムになった男[*1]がいた
ドラムが鳴り響くときらめく河の鰐があくびして這い出し
ドラムが鳴り響くと森林の動物たちは目を覚まし
好奇心にかられて　人間たちの踊りをながめた
宇宙の闇に消えていくドラム
心臓になったドラム　血のしたたるドラムよ

おお　歴史は確かに動いているのだ
遠い　アフリカは四千年の闇から目覚め
夜明けに幾つもの国が生まれた

そのドラムは夜も昼も鳴り響き
わたしの心臓を揺さぶりつづけた
わたしは空に響く太鼓の音をきいた

空に太鼓が鳴り響くと
一本の木がゆっくり立ち上がり葉という葉を震わすだろう
空の太鼓が鳴り響くと
夜の果物という果物があまく香り
月と舟の間で揺れるだろう

空の太鼓が鳴り響くと
高校生のオーケストラの下の弦楽器がふしぎな音色で鳴りだし
つづいてホルンやチューバが鳴りだし
ウエストサイド・ストーリーは始まるだろう
空の太鼓が鳴りだすと
赤や黄色や紫のマラソンウエアをつけた強靭な女の子たちが
砂漠の国から湖の国へ木の家の町から石の家の町へ
世界中のロードというロードを走りぬけるだろう

空の太鼓が鳴り響くと
ボスニアの廃墟に子どもたちが集まってくるだろう
子どもたちよ　おお　子どもたちよ
地雷を踏んで手足を吹き飛ばされた子どもたちよ

チェルノブイリで放射能をあび甲状腺手術を受けた子どもたちよ
飢えて路上で物乞いしているのにすっかり忘れられた子どもたちよ
子どもたちを抱きしめやさしく揺すってやらなければならない
そして「ずーっと　ずっと　だいすきだよ[*2]」と
いってやらなければならない
なぜならわたしたちはいつか死ぬのだから

空の太鼓が鳴り響くと
雪を被った聖なるヒマラヤはわたしたちの目の前に現れ
バラ色に染まるだろう
山山の中腹の岩に腰かけたひとはまるで
巨大な本の中に腰かけているように見え
そのひとはわたしたちに神神のことばを

読み解いてきかせるだろう
本の頁を鳥たちが悠然と飛び　神神の神秘は深まり
高原の緑はひろがり　花花は咲くだろう
河はひとの汚れも罪も病いも死者も洗い流し
ひとがまた生まれ変わる日までゆるやかに流れ続けるだろう

空の太鼓が鳴り響くと
夜な夜な愛し合う恋人たちの体の不思議な花花は
汗をかきながら開くだろう
おお　すっかり忘れさっていた歯にあたらしい果実
唯一つの人間の勝利　というより体のなかに残っていた
やさしい子どもを呼び戻すだろう

空の太陽が鳴り響くと
ときに疲れ果て暗く寂しい日に
ひとりの神が「われ渇く」とかすれた声でいうとき
空はたちまち大声をあげて泣き叫び
アジアの空はモンスーンが吹き荒れるだろう
ひとりの神が渇くとき別の神が雨の中からよみがえるだろう
アジアの密林に死滅した神殿に
法悦の石の神が口を開け柔らかい舌に雨を受けるだろう
わたしの遠くに住む友だちの街にも雨は輝いて降り
テレビジョンでわたしは一瞬その街をながめるだろう

空の太鼓が鳴り響くと
ひとりの老人が病院で死んでいく友を訪ね

静かに息している友を長いことながめるだろう
友が無念にも放棄しなければならなかった仕事を思い
スチームで暖かい部屋の壁のオレンジ色の淡い光をみつめ
自分にまだ残されている時間に友の仕事を引き継ぎ
いのちを賭して成し遂げようと決意するだろう
おお　歴史は確かに動いているのだ
夏のフェーゴ島に雪が降り　輝く目と皮膚の兄弟や姉妹が
汗を流しながら　闇の底に眠り深く息している
ひとつの大陸を夢みるだろう　ひとつの大陸が目覚める日を

空の太鼓よ　もっともっと鳴り響け
いつの日にか美しい夜明けの浜辺に
世界中の人びとが集まってくるだろう

人びとはくちぐちにそれぞれの国のことばで
叫んでいるだろう　何といっているのか？
輝く海のざわめきに世界の色とりどりの風の中で
人びとは裸足で集まってくるだろう
何といっているのか？　はじめはよくきこえない
「喜べ！　喜べ！　われわれはすべての武器を放棄した！」
空の太鼓よ　もっともっと鳴り響け

青空に生まれたひとりの赤ん坊のほほえみがひろがるよう

＊　＊　＊

それからしばらく世界は静かになった

わたしは散歩の途中自転車に空気を入れながら
ひとりの散歩する老人に出会ったが
すぐ見失ってしまった
わたしはかれが誰であるか知らない
けれどもかれがどういうひとであるかよく知っていた

かれは多くの時代を生き多くを失ったが
それを思い出すこともなかった
かれは多くを苦しんだがいまは消えていた
所有することもなく　目的を持つこともなく
軽やかにかれは歩いて行くだろう
かれは知っている
青い空気のなかに戯れと

甘い愉悦があると
花の種子が跳ぶように
鳥が飛ぶように
フルートの音よりも軽やかに
かれは新しい世紀を歩いて行くだろう
立ち止まってかれが何かを考えているとき
まるでかれのなかで青い成層圏が渦巻いて
いるかのように見える
遠くから見るとかれは小さな地球が考えているように
見えるだろう
かれが歩くとその後ろから気高い山山が霧をはらいのけ
姿を現し谷の村や海辺の村がついてくるだろう
それはかれが帰るべき故郷なのかも知れない

けれども　かれはほんの少ししか立ち止まらないだろう
かれは知っている
十月の果樹園の色づいた木の葉のしたに
果物が熟していると
かれは見たものに即座になる
かれは一本の木である
かれは一個の香しい果物である　昼の白い月である
かれは青い空気である
そして　ひとりのあたらしい人間である

＊1　ホセ・クラヴェイリニアの詩「わたしはドラムになりたい」より
（高良留美子 訳『アジア・アフリカ詩集』）

＊2　『ずーっと　ずっと　だいすきだよ』　ハンス・ウィルヘルムの絵本
（久山太市 訳）

宇宙語

どうしたのだろう?
私が眠っているとき
私のなかに宇宙がゆっくり入ってきて
朝焼けの空に変わり　熱くなり
冷たくなり　喉が渇き
宇宙は去って行った
私はひどく疲れ　やり直しがきかないほど気が滅入った

けれども鶏の卵ほどの小さな宇宙が
二つばかり残っていて
私の胸のあたりをぐるぐる回っているらしい
一つの卵はだんだん成長し
小さな森になり　小さな葉と根をつけ
枝も揺らしていた
もう一つの小さな宇宙は小さな詩を書く卵になり
眼鏡をかけるとその詩が読める気がした
この二つの小さな宇宙はそっと静かにしていれば
眼鏡で見えるようにいろいろなものが
見えるだろうか？
長雨のあとの強風のあと
空は美しく雲の隙間から

私を眺めている
あの空が私なら
あそこに書かれている詩をいまに
読むことができるだろう
みんなで勇気を出して生きるための詩を

未来の音楽の未来

そのとき　ひとりのローラースケートをはいた女の子が
壁画[*1]のこちら側のスロープをゆっくりと滑り降りてきた

むこう側には双子のアメリカの男の子たちが
大きなガラス窓から渋谷のスクランブル交差点に
波のように人々があふれ波のようにふくらむのを見ていた

馬がふりむくように[*2]　人がふりむいて
誰も見ないものを見ることがある
夢のなかの炸裂する放射能の街を
目も鼻も唇もない接吻を[*3]

それからゆるゆると降りてくる女の子を見る

何か微かな音楽をきく
駅のどこから流れてくるのだろう？
スクランブル交差点の群集は波のように退いていく
微かな微かな音　音楽はなぜかなつかしい
きこうとすれば非常に多くの人が誰でもきくことができる
疲れている人々の心を　重い心を背負った人の心を

楽しもうとしているのに苦しんでしまう人の心を
泥のようにゆっくり押し流していく
よく　きいてごらん　あれはガンジスの音楽だ
わたしたちの心の底にたまった悩みや罪の意識や苦しみは
ゆっくりゆっくりどこかへ流れていく
ここにしばらくじっとしていれば　どんな痛みも
汚辱もみんな流れていく　信じられないけれど
そういうことってあるのよね　この微かな微かな音楽

それから　夕暮れになって
ぽっと黄色い灯りがつく
メビウスの輪のように過去から未来へ未来から
今へ音楽がかえっていく　まだきこえる

この微かな微かな音楽

ほら　ローラースケートの女の子は嬉しくててれくさくて
笑っているお母さんに抱きしめられる

＊1　渋谷駅構内にある岡本太郎の壁画
＊2　シュペルヴィエルの詩「動作」の一節「馬はうしろを振り向いて」より
（安藤元雄 訳『シュペルヴィエル詩集』）
＊3　E・シットウェルの詩「原子時代の三篇の詩」より
（平井正穂 編『イギリス名詩選』）

■著者略歴

鈴木ユリイカ

1941年岐阜県生まれ、東京在住。3歳から6歳までを台湾で、その後18歳までを青森県で暮らす。明治大学仏文科卒。1983年に創刊された「現代詩ラ・メール」に投稿、翌年第1回ラ・メール新人賞受賞。詩集に『MOBILE・愛』（1986年・第36回H氏賞）、『海のヴァイオリンがきこえる』（1988年・第3回詩歌文学館賞）、『ビルディングを運ぶ女たち』（1991年）、『現代詩文庫　鈴木ユリイカ詩集』（2015年）がある（いずれも思潮社刊）。

絵本に『おしょうがつさん』（世界文化社）、『たんぽぽのたねとんだ』（福音館書店）など。

責任編集を務める詩誌「something」（2005年創刊・年2回　書肆侃侃房刊）は2020年6月で31号となった。

詩集　私を夢だと思ってください

二〇二〇年九月十七日　第一刷発行

著　者　鈴木ユリイカ
発行者　田島安江
発行所　株式会社 書肆侃侃房（しょしかんかんぼう）
〒810-0041
福岡市中央区大名2-8-18-501
TEL：092-735-2802
FAX：092-735-2792
http://www.kankanbou.com　info@kankanbou.com

編　集　サムシングプレス　田島安江・棚沢永子
装　丁　成原亜美
DTP　黒木留実
印刷・製本　モリモト印刷株式会社

ISBN978-4-86385-412-3　C0092